La revanche des
Loups gris

Sigmund Brouwer &
Gaston Gingras

illustré par Dean Griffiths

ORCA BOOK PUBLISHERS

Pour Walter Tarnowsky et ses Leafs bien-aimés
— D.G.

Catalogage avant publication de Bibliothèque et Archives Canada

Brouwer, Sigmund, 1959-
[Timberwolf revenge. Français]
La revanche des Loups gris / Sigmund Brouwer et Gaston Gingras ;
illustrations de Dean Griffiths.

(Les Loups gris)
Traduction de: Timberwolf revenge.
Publ. aussi en format électronique.
ISBN 978-1-4598-0011-3

I. Gingras, Gaston, 1959- II. Griffiths, Dean, 1967- III. Titre.
IV. Titre: Timberwolf revenge. Français. V. Collection: Brouwer,
Sigmund, 1959- . Loups gris.

PS8553.R68467T54714 2011   JC813'.54   C2011-903491-3

Publié en premier lieu aux États-Unis, 2011
Numéro de contrôle de la Library of Congress : 2011929412

Résumé : Johnny Maverick apprend à ses dépens que prendre sa revanche est une mauvaise idée.

Orca Book Publishers se préoccupe de la préservation de l'environnement; ce livre a été imprimé sur du papier certifié par le Forest Stewardship Council®.

Orca Book Publishers remercie les organismes suivants pour l'aide reçue dans le cadre de leurs programmes de subventions à l'édition : Fonds du livre du Canada et Conseil des Arts du Canada (gouvernement du Canada) ainsi que BC Arts Council et Book Publishing Tax Credit (province de la Colombie-Britannique).

Conception de la page couverture par Doug McCaffrey
Illustration de la page couverture par Dean Griffiths

ORCA BOOK PUBLISHERS
PO Box 5626, Stn. B
Victoria, BC Canada
v8R 6s4

ORCA BOOK PUBLISHERS
PO Box 468
Custer, WA USA
98240-0468

www.orcabook.com
Imprimé et relié au Canada.

14 13 12 11 • 4 3 2 1

Chapitre premier

Johnny Maverick fait irruption dans le vestiaire en ouvrant la porte d'un grand coup de pied. Celle-ci manque de peu de heurter l'entraîneur Gingras, qui l'évite de justesse.

— Eh, doucement! dit l'entraîneur Gingras. Je n'ai pas envie de me faire plaquer par une porte!

Les joueurs de l'équipe des Loups gris à Gaston rient de la plaisanterie de leur entraîneur, car ils savent très bien que celui-ci ne craint pas les contacts physiques, nombreux au hockey sur glace. Gaston Gingras a joué pour les Canadiens de Montréal et a même gagné une coupe Stanley avec eux. Tous les gars de l'équipe possèdent une photo de lui avec la coupe, et tous sont très contents de l'avoir pour entraîneur.

— Je suis vraiment désolé, répond Johnny, qui est l'un des centres de l'équipe. je viens de perdre deux dollars.

Chacun est occupé à enfiler son équipement. Certains sont même déjà en train de lacer leurs patins. Ils se préparent pour une partie importante! Mais à ces mots, tous lèvent les yeux vers lui et le regardent.

— Comment t'es-tu débrouillé pour perdre deux dollars? demande l'entraîneur Gingras. Tout ce que tu as fait, c'est d'aller aux toilettes, de l'autre côté de cette porte.

— J'ai voulu retirer ma veste, explique Johnny.

Il remue les poches de sa veste qui font entendre un bruit de pièces qui s'entrechoquent et poursuit :

— Vous voyez? J'ai les poches pleines de monnaie et j'ai laissé échapper deux pièces de un dollar. Mais je viens de perdre deux dollars.

— Et pourquoi ne les ramasses-tu pas, tout simplement? demande l'entraîneur Gingras.

— Parce qu'elles sont tombées dans le bol des toilettes! répond Johnny.

Ses camarades se mettent à rire. Les Loups gris à Gaston viennent tous de Howling, une petite ville du Québec. Ils sont présentement dans la ville de Québec pour un grand tournoi de hockey.

— Et elles y sont toujours? questionne l'entraîneur Gingras.

— Oui, tout au fond du bol, répond piteusement Johnny.

Tous rient de plus belle.

— Alors, tu n'as plus qu'à y plonger la main pour les récupérer, dit l'entraîneur Gingras.

Johnny fait la moue.

— Est-ce que vous plongeriez la main dans les toilettes pour deux petits dollars?

L'entraîneur Gingras fait mine de réfléchir…

— Finalement, non, répond-il.

— Moi non plus, reprend Johnny. Et c'est bien ça qui me met en colère!

Tom Morgan se lève et s'approche. C'est l'autre centre de l'équipe, et c'est sa première saison au sein de l'équipe des Loups gris.

— J'ai une idée, dit Tom. Si l'entraîneur Gingras est d'accord, je peux donner un coup de main à Johnny.

— Bien sûr, Tom, répond l'entraîneur. Mais ce serait mieux si Johnny se concentrait sur la partie de hockey à venir plutôt que sur son argent. Il s'agit d'un match important.

Tom regarde Johnny.

— Peux-tu me donner ta veste?

— Pour quoi faire? demande Johnny en tendant sa veste à Tom.

Tom traverse le vestiaire, ses patins aux pieds. Il pousse la porte des toilettes. Toute l'équipe le regarde faire. Il plonge la main dans les poches

de la veste et prend toute la monnaie qui s'y trouve, puis il la jette dans les toilettes.

— Mais qu'est-ce que tu fais? s'exclame Johnny. C'est tout ce qu'il me restait!

— Exact, rétorque Tom. Maintenant, tu n'as plus le choix. Tu vas devoir plonger la main dans les toilettes et par la même occasion, tu pourras récupérer les deux pièces qui y sont déjà tombées!

Chapitre deux

— Regarde! dit Johnny à son ami Stu Duncan. Tu vois, là, dans les gradins? C'est Pierre Laflamme!

Stu et Johnny sont assis sur le banc des joueurs. L'arbitre s'apprête à relancer la partie : c'est le début de la troisième période. Le total est de deux partout. Les Loups gris à Gaston jouent contre les Flammes de Québec. S'ils remportent la partie, ils iront en demi-finale.

— Pierre Laflamme! répond Stu. Il est venu voir le match? Wow!

Pierre Laflamme a joué comme défenseur dans l'équipe des Canadiens de Montréal pour la LNH.

— Je me demande ce qu'il fait ici, dit Tom.

— Je crois que son fils joue dans l'autre équipe, répond Stu. J'ai vu écrit « Laflamme » sur le chandail d'un des joueurs.

On entend le coup de sifflet de l'arbitre. Johnny et Stu se lancent sur la glace pour le début de la troisième période. Ils jouent contre le fils de Pierre Laflamme!

Après la mise au jeu, c'est Johnny Maverick qui a la rondelle au centre. Il fait une passe à son ailier gauche. Johnny patine le plus vite possible jusqu'à la ligne bleue et crie pour que l'ailier lui repasse la rondelle. Il reçoit la passe.

Johnny fait alors mine de se diriger à gauche du défenseur, mais au dernier moment, il l'esquive par la droite. Sa feinte a réussi! Il a une échappée!

Johnny fait un lancer du poignet, qui passe entre les jambes du gardien. Et c'est le but! Les Loups

gris à Gaston mènent 3 à 2 contre les Flammes de Québec.

— Beau coup! lui lance Stu, alors qu'ils patinent vers le banc. C'est le fils de Pierre Laflamme que tu viens de déjouer.

C'est au tour de leurs coéquipiers de se lancer sur la glace. Ils font tout pour que les Flammes de Québec ne marquent aucun but.

Au changement suivant, Johnny Maverick retourne sur la glace. La mise au jeu se fait du côté des Loups gris.

Mais Johnny perd la mise au jeu. C'est le défenseur qu'il a battu précédemment qui saisit la rondelle! Johnny se rue dans sa direction. Le fils de Pierre Laflamme tente un tir qui rebondit sur la jambière du gardien, vers le centre de la glace.

Johnny bataille pour lui reprendre la rondelle. Le joueur adverse fait une chute.

Johnny a une autre échappée!

Cette fois-ci, il fait une feinte au gardien. Et il marque de nouveau! Les Loups gris à Gaston mènent 4 à 2.

Johnny et Stu regagnent le banc des joueurs. C'est au tour de leurs coéquipiers d'entrer sur la glace. Une fois encore, ils empêchent les Flammes de Québec de marquer.

Puis, Johnny Maverick revient. Cette fois-ci, la mise au jeu se fait dans le camp adverse.

Johnny saisit la rondelle. Il fait une passe à un défenseur de son équipe, qui tire en direction du but.

Johnny se trouve devant le but adverse. Il essaie de se débarrasser d'un défenseur des Flammes de Québec et voit la rondelle rebondir. Il lève son bâton et dirige la rondelle en plein dans le filet.

Il marque un troisième but! Le total est maintenant de 5 à 2!

L'entraîneur de l'équipe adverse demande un arrêt du jeu.

— Ça fait trois buts en trois changements, dit Stu à Johnny en regagnant le banc. Le tour du chapeau! Et tu as marqué tous les buts contre le fils de Pierre Laflamme!

— Hé, Johnny, dit Tom qui a entendu les paroles de Stu. Trois buts. Tu dois être de bonne humeur… Peut-être même que tu ne m'en veux plus pour le petit tour que je t'ai joué tantôt?

— Tu devrais l'écouter, intervient Stu en s'adressant à Johnny. Il s'est excusé. Et vouloir prendre sa revanche n'est jamais une bonne idée. Nous sommes tous amis, ne l'oublie pas.

— Je ne cherche pas à prendre ma revanche, répond Johnny. Je veux juste que l'on soit quittes.

— Oh, reprend Stu. Peut-être alors devrais-tu vérifier la définition du mot « revanche » dans un dictionnaire.

Mais Johnny n'a pas le temps de répondre, l'arbitre a déjà sifflé la reprise du jeu. Leurs coéquipiers se retrouvent sur la glace, et une fois de plus, ne laissent aucune chance aux Flammes de Québec.

En fin de compte, le total reste le même. Lorsque la cloche annonce la fin du match, les Loups gris à Gaston ont gagné 5 à 2.

Chapitre trois

Tous les joueurs sont au vestiaire et discutent avec enthousiasme de leur victoire. Soudain, on entend frapper à la porte.

L'entraîneur Gingras va ouvrir.

C'est Pierre Laflamme, le joueur de hockey professionnel. Il est très imposant et porte une veste des Canadiens de Montréal.

— Bonjour, dit l'entraîneur Gingras.

— Bonjour Monsieur l'entraîneur, dit Pierre Laflamme. Il entre, un bâton de hockey à la main, et regarde tous les joueurs.

Il se fait un grand silence dans le vestiaire.

C'est Pierre Laflamme, en chair et en os!

— Cela me fait plaisir de vous rencontrer, monsieur Gingras, dit Pierre Laflamme. Je me souviens de vous quand vous jouiez pour les Canadiens de Montréal. Quel patineur! Et quel lancer frappé!

— Vous pouvez m'appeler Gaston, répond l'entraîneur Gingras. Merci pour le compliment. J'apprécie beaucoup de vous voir jouer avec les Canadiens et c'est très gentil à vous d'être venu nous saluer!

— Lequel d'entre vous est Johnny Maverick? demande Pierre. J'aimerais parler au joueur qui a marqué trois buts contre mon fils en trois présences consécutives.

Johnny se lève. Ses camarades ne disent pas un mot.

— J'espère que vous ne m'en voulez pas trop, lui dit-il.

— Mais je ne t'en veux pas le moins du monde, répond Pierre Laflamme. Je suis juste venu te dire que ton jeu m'a beaucoup impressionné.

— Vraiment? questionne Johnny.

— Oui, vraiment, répond Pierre Laflamme. En fait, c'est toute l'équipe qui est fantastique. Vous avez tous bien joué et avez battu l'équipe de mon fils par un jeu régulier et dans un bel esprit sportif. Et c'est exactement ce que j'aime voir au hockey mineur.

— Merci, dit l'entraîneur Gingras.

— Merci, reprennent tous les joueurs à l'unisson.

— J'aimerais vous souhaiter bonne chance pour les demi-finales. Et il y a encore une chose, dit Pierre Laflamme en leur montrant le bâton de hockey.

— Ce bâton a été signé par tous les joueurs des Canadiens de Montréal, ajoute-t-il. Je le gardais dans ma voiture pour une occasion spéciale.

— Wow! s'exclame l'entraîneur Gingras. Eh, les gars, regardez-moi ce bâton!

Mais l'entraîneur Gingras n'a pas besoin de le leur demander. Tous les yeux sont rivés sur Pierre Laflamme et son bâton. Un bâton signé par tous les joueurs des Canadiens de Montréal!

— J'aimerais remettre ce bâton à Johnny Maverick, dit-il en donnant le bâton à Johnny. La vedette du match d'aujourd'hui contre l'équipe de mon fils!

— Vraiment? demande Johnny, interloqué.

— Oui, vraiment, répond Pierre Laflamme.

— Wow! s'exclame alors Johnny.

— Wow! reprennent tous les joueurs à l'unisson.

Sur ces mots, Pierre Laflamme les salue et sort du vestiaire.

— Bravo! dit l'entraîneur Gingras à Johnny. Je suis content pour toi.

Johnny serre le bâton contre son cœur et dit :

— J'adore ce bâton! Je vais appeler mes parents pour leur annoncer la nouvelle dès que nous serons rentrés à l'hôtel.

— Tu adores ce bâton? demande Tom Morgan. Est-ce que tu vas dormir avec?

Tout le monde, ou presque, rit de cette plaisanterie. Mais pas Johnny.

— Tu m'as déjà joué un mauvais tour, dit Johnny. Mais je suis bien trop malin pour te laisser t'approcher de ce bâton.

— Je ne faisais que te taquiner, répond Tom. Et de plus, j'ai déjà dit que j'étais désolé pour le tour que je t'ai joué.

— Je ne te crois pas, dit Johnny. Alors, la réponse est « oui ».

— La réponse à quoi? demande Tom.

— À ta question, bien sûr! répond Johnny. Tu m'as demandé si j'allais dormir avec mon bâton. Non seulement je vais dormir avec, mais je vais manger avec et je vais me doucher avec.

— Dormir, manger et te doucher avec? questionne Tom, incrédule.

— Oui, tout à fait, rétorque Johnny. Il se peut bien que tu réussisses à me jouer d'autres tours, mais une chose est sûre, c'est que tu ne parviendras jamais à me chiper mon bâton. Je te le promets!

Chapitre quatre

Après le match, les Loups gris à Gaston se rendent au restaurant. Johnny et Stu prennent place à côté de Tom et de l'entraîneur Gingras. Les autres joueurs sont assis à des tables voisines.

Johnny ne quitte pas son bâton des yeux.

Au moment où la serveuse vient prendre la commande, elle lui dit :

— Mais c'est un bâton de hockey, ça! Tu ne vas tout de même pas te mettre à jouer au hockey en plein milieu du restaurant, n'est-ce pas?

C'est une blague, évidemment. Mais Johnny répond, très sérieusement :

— Personne n'a le droit de toucher à ce bâton. Je vais dormir, manger et me doucher avec. J'adore ce bâton et il est hors de question qu'il lui arrive quoi que ce soit!

La serveuse s'esclaffe. Elle pense que Johnny plaisante, lui aussi.

Lorsque la nourriture arrive, l'entraîneur Gingras quitte la table pour téléphoner à Howling, aux parents, afin de leur annoncer que l'équipe va jouer en demi-finales.

Johnny a commandé des crêpes et des saucisses. Il verse du sirop dans une petite assiette et place un morceau de beurre au milieu.

— Qu'est-ce que tu fais? demande Stu.

— Je voudrais faire une petite expérience. J'ai entendu dire que le beurre devient chaud quand on verse du sel dessus, répond Johnny.

— C'est idiot, intervient Tom. Verser du sel sur du beurre ne peut pas le rendre chaud.

— Tu as sans doute raison, mais je voudrais le vérifier par moi-même, répond Johnny.

Johnny verse un peu de sel sur le beurre.

Puis, il place la paume de sa main juste au-dessus de l'assiette. Il attend. Enfin, il regarde Stu et dit :

— Tom a raison. Je ne sens rien, ça ne chauffe pas.

— Tu devrais peut-être rajouter un peu de sel, conseille Stu.

Johnny s'exécute. Puis il replace sa main dans la même position, juste au-dessus du beurre.

— Rien… Je ne sens pas la moindre chaleur, dit-il.

— Bien sûr que non, intervient Tom de nouveau. Je t'ai dit que c'était idiot! Tu es bien bête de croire que ça pouvait marcher…

— Peut-être que ça ne rend pas le beurre bouillant, mais en approchant ma main aussi près que possible, je pourrai peut-être sentir quelque chose?

Johnny met sa main à quelques millimètres de l'assiette.

— Eh, les gars, j'avais raison, dit-il, et Tom se trompait. Cette fois, je sens la chaleur!

— C'est impossible, dit Tom.

— Et bien, essaie toi-même, lui répond Johnny. Tu verras bien qui avait raison.

— C'est moi, évidemment, rétorque Tom, en étendant le bras. Enlève ta main.

Johnny fait comme Tom le lui a demandé.

Tom étend la paume de sa main juste au-dessus du morceau de beurre.

— Je ne sens rien du tout, dit-il.

— Mets ta main plus près, lui conseille Johnny.

— Comme ça? demande Tom en plaçant sa main si près qu'elle touche presque le contenu de l'assiette.

— Oui, comme ça, répond Johnny.

Il a à peine prononcé ces mots qu'il applique une brusque pression sur la main de Tom pour qu'elle atterrisse dans l'assiette de beurre et de sirop.

— Hé, oh! dit Tom, surpris.

Lorsque Tom retire sa main, elle dégouline de beurre et de sirop.

Leurs camarades, assis aux tables voisines, se mettent à rire.

— Maintenant, on est quittes, dit Johnny. Tu m'as fait mettre la main dans les toilettes, et moi, la tienne dans le sirop.

— Quittes? s'exclame Tom, furieux de ce que les autres rient de lui. Je ne pense pas. Attends un peu que je te règle ton compte!

— Les gars, intervient Stu, prendre sa revanche n'est jamais une bonne idée. Nous sommes tous amis, vous avez oublié?

— Qui a parlé de se venger? répond Tom. Je n'ai jamais dit que je voulais me venger...

— Laisse-moi deviner, poursuit Stu, tu veux juste rétablir la situation, c'est ça?

— Exactement, répond Tom, alors Johnny ferait mieux de faire gaffe, parce qu'il pourrait bien arriver quelque chose à son cher bâton!

Chapitre cinq

Les Loups gris à Gaston sont en train de perdre 3 à 4 contre les Faucons de Montréal dans le match de demi-finales. S'ils perdent le match, ils perdent le tournoi. S'ils le gagnent, ils passeront une nuit de plus à Québec. La finale aura lieu le lendemain matin.

Malheureusement, il ne reste plus que cinq minutes à jouer, et les Loups gris ont besoin de deux buts pour gagner.

— Ça va être dur, dit Johnny à Stu.

Ils sont assis sur le banc des joueurs et attendent leur tour.

— Peut-être que je n'aurais pas dû manger toutes ces crêpes au restaurant, dit Stu.

— Tu veux dire celles que tu as mangées aujourd'hui, ou dans toute ta vie? demande Johnny à son ami.

— Ah, ah, répond Stu d'un air faussement fâché, qu'est-ce que tu es drôle…

— Oui, poursuit Johnny, et je…

Mais il ne termine pas sa phrase. Son attention a été attirée par ce que se passe sur la glace. Il s'exclame :

— Oh, non! Notre gardien de but vient de faire un croche-pied à leur centre. On va avoir une pénalité.

Les Loups gris à Gaston comptent un joueur en moins maintenant, ce qui est un gros problème. L'entraîneur Gingras fait signe à Johnny, Stu et Tom de remplacer les autres.

Les Faucons de Montréal ont lancé, la rondelle dans la zone des Loups gris. Stu tente de l'intercepter dans le coin, mais il tombe. Tandis qu'il glisse sur la glace, il frappe la rondelle avec son bâton.

Celle-ci rebondit contre la bande, et arrive juste sur le bâton de Tom. Ce dernier voit un défenseur lui bloquer le passage. Il envoie la rondelle au centre, en évitant le défenseur, puis il se met à patiner de toutes ses forces pour la récupérer.

Il réussit à déjouer le défenseur. Il a une échappée!

Il lui reste encore la moitié du terrain à parcourir pour arriver jusqu'au gardien. Un défenseur de l'équipe adverse tente de le faire trébucher, mais Tom poursuit sa course vers le gardien. Il fait un magnifique lancer du poignet qui atterrit dans le haut du filet.

Les Loups gris ont marqué un but!

Les deux équipes sont maintenant à égalité, mais il ne reste plus que trois minutes de jeu.

Johnny et Stu patinent près du banc des joueurs.

— Pouvez-vous rester sur la glace? leur demande l'entraîneur Gingras.

Tom fait oui de la tête. Il retourne au centre pour la mise au jeu. Johnny et Stu sont là aussi.

L'arbitre laisse tomber la rondelle, et la mise au jeu est gagnée par le centre des Faucons. Il fait une passe à son ailier gauche. Tom n'essaie pas de poursuivre la rondelle. Il attend près du centre.

Johnny charge le défenseur qui a la rondelle. Tom observe le jeu avec attention. Il voit que le défenseur gauche va faire une passe à droite. Il attend à la dernière seconde et se lance juste au moment où la rondelle traverse.

Tom intercepte la passe!

Il a de nouveau une échappée, mais cette fois, le défenseur le fait tomber. Tom glisse de tout son long, et voit la rondelle poursuivre sa course jusque dans le coin de la patinoire. Lorsque le défenseur des Faucons la récupère, l'arbitre siffle.

Il donne une pénalité.

Tom se relève. Il sent tous les regards se poser sur lui.

Johnny vient le rejoindre.

— Bien joué, lui dit Johnny, l'arbitre va te donner un tir de pénalité!

— Quoi! s'exclame Tom.

— Oui, tu as bien entendu… Et si tu marques, notre équipe aura l'avance, poursuit Johnny.

Tom inspire à pleins poumons. Il semble nerveux.

L'arbitre place la rondelle au centre. Le silence règne. Puis il siffle.

Tom prend possession de la rondelle et patine vers la zone adverse. Passé la ligne bleue, il prend de la vitesse.

Le gardien de but est loin devant son filet pour mieux bloquer le tir.

Tom feint d'aller vers la gauche, mais vire à droite. Puis de nouveau à gauche. Le gardien suit le mouvement et se fait prendre. Tom tente un lancer du revers. Hourra! La rondelle est passée!

Le compte final est 5 à 4!

Tom lève les bras en signe de victoire. La foule l'applaudit.

Deux minutes plus tard, la partie est terminée. Les Loups gris à Gaston ont gagné.

Tom et Johnny patinent côte à côte et se dirigent vers la sortie.

— Hier, j'ai marqué trois buts en trois présences de suite et nous avons remporté la partie, et aujourd'hui, c'est grâce à toi que nous avons gagné. Alors, on est a égalité maintenant? demande Johnny à Tom.

— Pas question! riposte Tom. On va passer une nuit de plus à Québec. J'ai tout le temps qu'il me faut pour te jouer un nouveau tour; alors fait attention, parce qu'il pourrait arriver quelque chose à ton précieux bâton!

Chapitre six

— Je ne pense pas que ce soit une bonne idée, dit Stu à Johnny.

Ils marchent dans le couloir de l'hôtel; personne d'autre n'est en vue. Johnny tient une bombe de mousse à raser dans une main et une grosse enveloppe dans l'autre. Stu transporte le bâton de hockey signé par les Canadiens de Montréal, car Johnny ne veut pas le quitter des yeux.

— Ça fait cinq fois que tu dis cela, lui dit Johnny en chuchotant, mais tu es toujours là. Je pense qu'en réalité, tu veux voir le coup que je vais faire à Tom.

— Pas du tout, répond Stu en chuchotant lui aussi, je suis ici pour essayer de t'arrêter.

Une revanche n'est jamais une bonne idée. Nous sommes tous amis ici, l'aurais-tu oublié?

— Je veux juste que l'on soit quittes, répond Johnny.

— Mais vous êtes déjà quittes! rétorque Stu. Si tu lui joues un autre tour, tu auras un tour d'avance.

— Il a dit qu'il allait prendre sa revanche sur mon bâton de hockey, dit Johnny, alors je dois prendre de l'avance sur lui.

— Prendre sa revanche n'est jamais une bonne idée, répète Stu. La guerre ne finira jamais… Que va-t-il se passer si Tom arrive à se venger sur ton bâton de hockey?

— Il n'y arrivera pas, dit Johnny, car je vais…

— Oui, je sais, l'interrompt Stu, tu vas dormir, manger et te doucher avec.

— Oui, parfaitement, répond Johnny.

Ils se sont arrêtés devant la chambre 207.

— Regarde bien, dit Johnny.

Il ouvre l'enveloppe, la remplit de mousse à raser et la place par terre, de sorte que l'ouverture passe légèrement sous la porte.

— Ça va être super, chuchote Johnny. Quand Tom va venir répondre, j'écraserai l'enveloppe du pied et il sera aspergé de mousse.

— S'il te plaît, ne fais pas ça, dit Stu. Se venger n'est pas une bonne idée. En plus, je ne pense pas que ça marche, la mousse risque d'atterrir sur ses pieds, pas plus haut.

Trop tard, Johnny a déjà frappé à la porte.

Il imite une voix de femme et annonce d'une voix aiguë :

— C'est le service d'étage.

Il frappe de nouveau.

Stu et Johnny distinguent alors des pas de l'autre côté de la porte. Puis ils entendent le bruit du verrou qui s'ouvre.

— Maintenant! chuchote Johnny, tandis qu'il écrase l'enveloppe du pied. *Pschit!*

Il se penche et, d'un geste rapide, ramasse l'enveloppe et la dissimule derrière son dos.

— Ah! fait Johnny, fier de son coup.

La porte s'ouvre, mais ce n'est pas Tom. C'est une femme aux cheveux roux. Elle porte une robe de chambre et le bout de ses chaussons est recouvert de mousse à raser. Elle n'a pas l'air contente du tout.

— Tu vois bien, dit Stu, je t'avais dit que ce n'était pas une bonne idée…

Chapitre sept

La femme en robe de chambre fait un pas en avant dans le couloir.

— Que se passe-t-il ici? demande-t-elle. J'aimerais bien le savoir… Peux-tu me dire ce que tu fais avec cette mousse à raser? Et ton copain, avec un bâton de hockey?

Juste à ce moment, Johnny et Stu aperçoivent Tom qui se dirige vers eux.

— Salut les gars! Qu'est-ce que vous faites ici? leur lance Tom.

— Je crois que je vais rentrer, dit Stu, tout en essayant de rendre à Johnny son bâton de hockey. Ça m'a fait plaisir de te connaître, Johnny.

Mais au lieu de saisir le bâton que Stu lui tend, Johnny retient ce dernier par la manche pour qu'il ne se sauve pas.

Tom s'adresse alors à Johnny :

— Hé, Johnny, pourquoi as-tu mis de la mousse à raser sur les chaussons de la dame?

La femme baisse la tête et découvre ses chaussons décorés de mousse à raser.

— Mes chaussons! s'exclame-t-elle.

Johnny regarde la femme en désignant Tom du doigt.

— Je voulais lui jouer un tour, dit-il.

— Regarde-moi bien, crie la femme, y a-t-il la moindre ressemblance entre moi et ton ami?

Elle est ventrue, et aussi énervée qu'un taureau prêt charger.

Johnny explique :

— Non, madame, vous ne ressemblez pas du tout à mon ami, mais je croyais qu'il était dans la chambre 207. C'est la chambre qu'on lui avait donnée à l'accueil. Je suis sûr que c'est ce que j'ai entendu lorsque l'employé lui a remis la clé.

— Visiblement, tu t'es trompé, riposte la femme.

— Oui, je m'en rends compte maintenant, répond Johnny, bien content que ce soit Stu qui tienne le bâton de hockey, et non la grosse dame. Je suis vraiment désolé de vous avoir fait le coup de la mousse à raser sous la porte.

La femme fronce les sourcils.

— Je devrais aller trouver tes parents, dit-elle, furieuse.

— Mes parents ne sont pas ici, répond Johnny, nous faisons partie d'une équipe de hockey.

Tom intervient :

— Si vous voulez, je peux vous indiquer dans quelle chambre est notre entraîneur. Il pourra parler aux parents de Johnny.

— Merci, Tom! dit Johnny.

En fait de merci, il voudrait l'étrangler.

— Vous avez de la chance que ce soit l'heure de mon émission préférée, répond la femme, sinon je serais *vraiment* allée trouver votre entraîneur.

Sur ce, elle claque la porte.

— Je me suis bien amusé, dit Tom. Dommage que nous ayons dû changer de chamber, ajoute-t-il avec un sourire narquois.

— Changé de chambre? questionne Johnny en se frappant le front de la main. Vous avez changé de chambre?

— Oui, bien sûr, répond Tom, la 207 est une chambre fumeurs. L'hôtel nous l'avait attribuée par erreur. Nous sommes donc retournés à la réception pour qu'on nous en donne une autre.

— Tu vois, Johnny, dit Stu, je t'avais bien dit que la mousse à raser n'était pas une bonne idée. En plus, ça n'a pas marché, tu n'as eu que ses chaussons.

— Au contraire, c'était une excellente idée! répond Tom. Le plus drôle sera quand je raconterai tout

ça à l'équipe. La dame avait vraiment l'air en colère!
Ils vont bien rire…

— Tu as raison, dit Johnny à Stu, la mousse
à raser n'était peut-être pas une bonne idée,
après tout.

— Prendre sa revanche non plus, ajoute Stu,
car souviens-toi, nous sommes tous amis dans
notre équipe.

Chapitre huit

C'est l'heure de se coucher. Johnny et Stu regagnent leur chambre.

— Tu vas vraiment dormir avec ton bâton de hockey? demande Stu à Johnny.

— Oui, comme je l'ai dit, répond Johnny, je vais manger, dormir et me doucher avec. Pas question que je le quitte des yeux.

— Si tu te douches avec, dit Stu, cela risque d'effacer les signatures des joueurs.

— Bien pensé… répond Johnny. Bon d'accord, je ne prendrai pas de douche avec mon bâton, mais je mangerai et dormirai avec, ça, c'est sûr.

Stu éteint la lumière et se met au lit.

Johnny, lui aussi, se couche. Il met son bâton dans le lit avec lui et rabat la couverture.

Quelques secondes plus tard, sa voix retentit dans l'obscurité :

— Mais…Qu'est-ce que c'est que ce truc?

Stu se relève et allume la lumière.

Johnny est assis dans son lit. Ses pieds et ses mains, ainsi que le côté de son visage, sont tout poisseux.

— Du miel! s'exclame-t-il. Il y en a partout, sur mon oreiller, sur mon drap, sur moi!

— Comment ce miel est-il arrivé ici? demande Stu.

Johnny remarque alors un morceau de papier qui dépasse de sous son oreiller. C'est une note écrite à la main. Il la lit à voix haute :

— « Je vous souhaite, à toi et à ton bâton, une nuit pleine de douceurs. »

— La note est signée? demande Stu.

— Oui, répond Johnny.

— Ce n'est pas de l'entraîneur Gingras, n'est-ce pas? questionne Stu.

— Non, c'est de Tom, répond Johnny, c'est lui qui a mis le miel dans mon lit.

— Johnny, poursuit alors Stu, tu as un véritable retard maintenant. Tu as mis de la mousse à raser sur les chaussons d'une dame. Tom, lui, a mis du miel dans ton lit pendant que tu essayais de lui jouer un tour. Je pense qu'une trêve serait la bienvenue.

— Non, répond Johnny, j'ai une idée! Il y a une épicerie à côté de l'hôtel. Demain, j'achèterai du miel que je mettrai dans ses patins et dans ses gants.

— S'il te plaît, ne fais pas ça, dit Stu, pense à notre équipe.

— Notre équipe? interroge Johnny.

— Oui, répond Tom, ce serait bien de gagner le tournoi; tu ne devrais rien faire qui puisse risquer de nous faire perdre. Souviens-toi, on est tous amis.

— Je sais, je sais, coupe Johnny, et prendre sa revanche n'est jamais une bonne idée… Mais je

48

ne veux pas me venger, je veux seulement qu'on soit quittes.

— Un jour, peut-être, tu comprendras qu'être quittes, c'est comme se venger; et que ce n'est jamais une bonne idée, dit Stu en soupirant.

— Tu as raison, répond Johnny.

— Je suis content de te l'entendre dire, dit Stu.

— Ce serait bien qu'on gagne le tournoi, continue Johnny, mais je devrai trouver un moyen de rendre à Tom la monnaie de sa pièce après la partie.

Stu soupire de nouveau :

— Et ton bâton alors?

— Mon bâton? demande Johnny.

— Oui, répond Stu, jusqu'à présent, Tom ne t'a joué que des tours à toi, mais que se passera-t-il s'il se venge sur le bâton que Pierre Laflamme t'a donné?

— Il ne le pourra jamais, rétorque Johnny, car je mange et je dors avec; je te jure qu'il n'arrivera rien de mal à mon bâton.

— Souviens-toi juste d'une chose…, commence Stu.

— Que nous sommes tous amis ou que vouloir prendre sa revanche n'est pas une bonne idée? questionne Johnny.

— S'il arrive quelque chose à ton bâton, poursuit Stu, ne dis pas que je ne t'avais pas prévenu…

Chapitre neuf

Les Loups gris à Gaston mènent 4 à 3 contre les Couguars de Sherbrooke. Ils sont sur le point d'attaquer la dernière période de la finale du tournoi de hockey, et s'ils gagnent ce match, ils seront déclarés vainqueurs du tournoi.

— Eh, comment t'es-tu débrouillé pour rentrer dans ma chambre hier soir? demande Johnny à Tom, au moment où ils rentrent en patinant sur la glace.

— Simple comme bonjour, répond Tom, j'ai demandé une autre clé à la réception. L'employé a vu mon chandail de hockey, il a dû me prendre pour toi.

— Oh… dit Johnny.

— Est-ce que tu es toujours décidé à prendre ta revanche? demande Tom.

— C'est plus important que nous gagnions, répond Johnny. Rappelle-toi ce que dit Stu : nous sommes tous amis.

— Alors, gagnons-le, ce match! rétorque Tom.

Les Loups gris à Gaston ont d'excellents défenseurs, les Couguars ne parviennent pas à marquer un autre but.

Il ne reste que trois minutes avant la fin du match.

Après la mise au jeu, la rondelle glisse dans le camp des Loups gris. Johnny prend position pour la recevoir. Lorsqu'un de ses coéquipiers lui fait une passe, il essaie de feinter le centre de l'équipe adverse tout en manipulant la rondelle. Ce dernier n'étant pas assez rapide pour l'arrêter, il se sert de son bâton pour le faire trébucher.

Tir de pénalité!

L'entraîneur Gingras fait signe à Johnny et à Stu de quitter la glace, car ils s'essoufflent.

Tom remporte la mise au jeu dans le camp des Couguars. Il fait une passe à un défenseur des Loups gris, qui se fait prendre en chasse par un joueur des Couguars. Le défenseur ne pouvant pas faire un lancer au filet, il envoie la rondelle dans le coin. Celle-ci glisse à la vitesse de l'éclair devant plusieurs joueurs et est réceptionnée par Tom, qui a pris position derrière le filet.

Tom fait semblant d'aller d'un côté; le gardien fait de même, mais Tom change brusquement de côté. Le gardien n'est pas assez rapide et Tom est déjà à l'avant du filet et marque. C'est un magnifique but en contournant le filet!

Les Loups gris à Gaston mènent 5 à 3!

Plus le temps pour les Couguars pour marquer un but… les Loups gris sont les vainqueurs!

Dans le vestiaire, l'excitation est à son comble. Tous les joueurs discutent bruyamment et se donnent de grandes tapes dans le dos. Chacun parle des plus beaux buts et des feintes qui ont permis à l'équipe de remporter le tournoi.

Johnny s'habille rapidement. Il ne semble pas aussi joyeux que ses camarades. Il jette un coup d'oeil autour de lui et, comme il voit que personne ne le regarde, il s'éclipse. Une fois dans le couloir, il se met à courir jusqu'à la sortie.

Dehors, il fouille dans la neige et en retire un sac en plastique qu'il y avait dissimulé avant le match.

Ah, ah, pense Johnny. *Grâce à ce coup, Tom va me le payer.*

Chapitre dix

Le voyage en bus de la ville de Québec à Howling prend environ deux heures. Les Loups gris sont presque arrivés chez eux et l'excitation a fini par retomber. Cela fait dix minutes que le silence règne dans le véhicule.

— Eh, les gars, vous ne sentez pas une drôle d'odeur? demande soudain Tom qui se réveille d'un somme d'une demi-heure.

— En effet, ça sent drôle, dit Johnny.

Les autres joueurs détournent la tête pour ne pas être pris en train de rire. Johnny les a mis au courant de son dernier tour.

— Qu'est-ce que tu sens? questionne Tom.

— Je sens une équipe victorieuse, répond fièrement Johnny.

Ses camarades se mettent à rire.

— Non, reprend Tom en reniflant autour de lui, ça sent mauvais, ça sent le poisson...

— Ton imagination te joue des tours, répond Johnny, pourquoi est-ce que ça sentirait le poisson dans le bus d'une équipe de hockey?

Tom renifle de nouveau et ajoute, comme pour lui-même :

— C'est quand même bizarre...

Il ferme les yeux et essaie de se rendormir.

— Tu vois bien, chuchote Johnny à l'intention de Stu, les choses n'ont pas mal tourné et le bâton que Pierre Laflamme m'a donné est sain et sauf.

— Attends un peu... répond Stu. Je t'ai dit que prendre sa revanche n'est jamais une bonne idée.

Tom se redresse de nouveau en reniflant.

— Les gars, il n'y a aucun doute, dit-il, ça sent le poisson.

C'en est trop. Les autres joueurs ne peuvent contenir leurs rires.

— Quoi? demande Tom. Quoi?

— Tu te souviens de la monnaie que tu as pris dans la poche de ma veste et que tu as jetée dans les toilettes? lui demande Johnny.

— Oui, évidemment, répond Tom.

— Et bien, j'ai glissé une petite surprise dans ta poche en échange.

Tom s'empresse de vérifier les poches de sa veste. Il retire sa main précipitamment.

Tout le monde éclate de rire.

Tom porte les doigts à son nez.

— Du poisson dans ma poche? demande-t-il, incrédule.

— Des sardines, pour être plus précis! s'exclame Johnny.

Il explique alors :

— Je les ai achetées avant le match. Elles étaient encore congelées au début du trajet, mais elles ont décongelé comme prévu.

Toute l'équipe s'esclaffe. Même l'entraîneur Gingras se joint à leurs rires. Il est de bonne humeur, car l'équipe a remporté le tournoi.

— Très, très drôle, dit Tom.

Et d'ajouter :

— Fais attention, je peux encore faire quelque chose à ton beau bâton.

— Je ne pense pas, rétorque Johnny, car je ne le quitte pas des yeux. Et en plus, regarde, on entre dans Howling, voici les premières lumières. Alors que pourrais-tu bien tenter maintenant?

Chapitre onze

Lorsque le bus s'arrête devant la patinoire, Johnny et ses camarades aperçoivent tous les parents qui les attendent sous les lampadaires. L'entraîneur Gingras les a prévenus de la victoire des Loups gris à Gaston. Même le maire, M. Abellard, est là!

Les joueurs descendent du bus. Johnny porte le bâton de hockey qui lui a été donné par Pierre Laflamme.

— Ah, ah, dit Johnny à Tom, trop tard maintenant, tu ne peux plus rien faire.

Tom n'a pas le temps de répondre, car au même moment, l'entraîneur Gingras s'adresse à toute l'équipe :

— Mettez-vous en ligne, les gars, ordonne l'entraîneur Gingras. Le maire, M. Abellard, veut remettre une épinglette de la ville à chacun de vous pour vous féliciter d'avoir gagné le tournoi.

Johnny et tous ses camarades s'exécutent.

Tom se place à côté de Johnny. Ce dernier est le seul joueur à tenir un bâton de hockey. Il ne veut surtout pas le lâcher, il a trop peur que Tom tente un mauvais coup à la dernière minute!

Le maire serre la main des joueurs, l'un après l'autre, et leur remet une épinglette.

Lorsqu'il arrive à la hauteur de Johnny, il dit :

— Bravo, j'ai appris que tu avais marqué trois buts en trois présences contre le fils de Pierre Laflamme.

— Oui, répond Johnny, Pierre Laflamme est même venu nous saluer dans notre vestiaire après le match.

— J'ai entendu parler de cela aussi, répond le maire. Et j'ai aussi entendu dire qu'il t'a offert un bâton signé par tous les joueurs des Canadiens de Montréal.

— Oui, répond Johnny, le voici!

— Est-ce que je peux y jeter un coup d'œil? demande alors le maire.

Johnny lui tend le bâton de hockey.

— Quel merveilleux cadeau! dit-il, admiratif. Imaginez un peu, un bâton de hockey signé par tous les joueurs des Canadiens de Montréal... Si je possédais un tel bâton, je l'accrocherais au mur de mon bureau!

— Monsieur le Maire, intervient alors Tom, je pense que vous allez être très heureux.

— Pourquoi donc? demande le maire.

— Et bien, répond Tom, pendant le trajet du retour, Johnny et moi avons parlé de vous et du beau travail que vous faites pour notre petite ville.

— Merci beaucoup, répond M. Abellard.

— Il n'y a pas de quoi, dit Tom. Vous serez sans doute ravi d'apprendre que Johnny veut justement vous offrir ce bâton en remerciement.

Avant même que Johnny n'ait le temps d'intervenir, le maire s'adresse déjà à tous les parents :

— Regardez tous! crie le maire en brandissant le bâton, Johnny Maverick m'offre le bâton que Pierre Laflamme en personne lui a donné, et je vais l'accrocher dans mon bureau!

Les parents applaudissent et les camarades de Johnny éclatent de rire.

Le maire lui serre la main en disant :

— Merci! Merci! C'est le plus beau cadeau qu'on m'a jamais fait!

Puis il lui tourne le dos et s'éloigne avec le bâton pour le montrer à tous les parents.

— Je n'y crois pas, dit Johnny à Tom, on m'a pris mon bâton!

Tous ses camarades sont hilares.

Stu s'adresse alors à Johnny :

— Je ne dirai qu'une chose.

— Quoi donc? demande Johnny.

— Je t'avais prévenu, dit Stu.

— Tu as raison… avoue Johnny.

— Ne t'en fais pas, intervient Tom, demain j'irai voir le maire et je lui expliquerai que je t'ai joué un tour; je suis sûr qu'il comprendra et qu'il te rendra ton bâton.

— Non, répond Johnny, il devrait le garder, car de cette façon je n'oublierai pas la leçon : prendre sa revanche n'est jamais une bonne idée!

— Vouloir être quittes non plus n'est pas une bonne idée, ajoute Tom.

Johnny lui tend la main et demande :

— Alors, on fait la paix?

— D'accord, on fait la paix, répond Tom, mais avant je dois te dire quelque chose.

— Quoi? demande Johnny.

— Tu sais, les sardines que tu as mises dans ma poche tantôt… dit Tom.

— Oui, et alors? questionne Johnny.

Tom répond, avec un petit air moqueur :

— Je les ai mises dans ton sac de sport quand tu ne regardais pas, alors tu as intérêt à t'en débarrasser avant d'arriver chez toi!

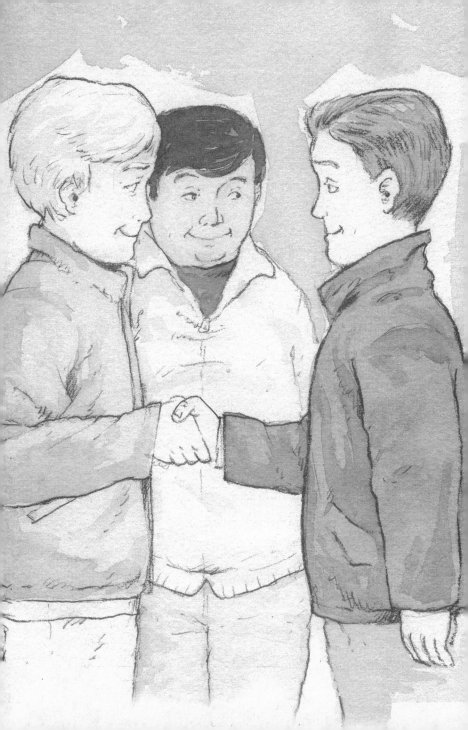

Sigmund Brouwer est l'auteur de nombreux livres à succès destinés aux enfants et aux jeunes adultes. Il aime se rendre dans les écoles pour parler aux élèves de lecture et de son métier d'écrivain. Au cours des dix dernières années, il a animé des ateliers d'écriture dans des lieux aussi variés que le cercle arctique ou le centre-ville de Los Angeles. Accompagné de sa famille, il partage son temps entre sa maison de Red Deer, en Alberta, et celle de Nashville, au Tennessee.

Photographie de l'auteur par CMC-Denis Brodeur

Vainqueur de la coupe Stanley, **Gaston Gingras** a passé dix saisons au sein de la Ligue nationale de hockey. Il a joué, entre autres, avec les Maple Leafs de Toronto et les Blues de St-Louis, et quatre saisons avec les Canadiens de Montréal, aux côtés de légendes vivantes comme Larry Robinson et Guy Lafleur. Il habite Montréal et se rend régulièrement dans des communautés du nord-est de l'Arctique, où il joue au hockey et participe à des initiatives d'alphabétisation.